Daniela Strigl

Gedankenspiele über die

Faulheit

Literaturverlag Droschl

Prolog

Es ist paradox: Ich habe den Auftrag angenommen, ein Buch über die Faulheit zu schreiben. Anstatt faul zu sein. Zwar nur ein kleines Buch, aber ein Buch. Und es gibt keinen Zweifel: Das Schreiben verträgt sich mit dem Faulsein nicht. Dabei wollte ich es in diesem Sommer unbedingt, nach einem äußerlich bewegungsarmen, aber innerlich bewegten Frühling im Zeichen des hygienisch sinnvollen Hausarrests – das totale Untätigsein, die bewusste Einigelung im Nichtstun, Herunterfahren aller Produktiv-Aktivitäten, Shutdown. Faulheit mag eine Charaktereigenschaft sein, aber sie ist auch ein Zustand. Sie passiert nicht einfach so, sie ergibt sich nicht zwangsläufig, man kann, man muss sie anstreben, planen, zelebrieren. Der Gedanke ans Faulsein ist etwas, das mich mit süßer Vorfreude erfüllt, mit der Erinnerung an die Sommerferien meiner Kindheit, das Gefühl verschwenderischer Zeitfülle am Beginn, die herrliche Eintönigkeit der Tage, Verheißung von Ewigkeit und Stillstand.

Aus dieser paradiesischen Regression ins Faulenzertum soll nun also nichts werden. Wenn der Schreibauftrag sich nicht doch noch als paradoxe Intervention herausstellt und es mir geht wie Gotthold Ephraim Lessing, der als Student dieses »Lob der Faulheit« schrieb:

Faulheit, jetzo will ich dir
Auch ein kleines Loblied bringen. –
O – – wie – – sau – – er – – wird es mir, – –
Dich – – nach Würden – – zu besingen!
Doch, ich will mein Bestes tun,
Nach der Arbeit ist gut ruhn.

Höchstes Gut! wer dich nur hat,
Dessen ungestörtes Leben – –
Ach! – – ich – – gähn' – – ich – – werde matt – –
Nun – – so – – magst du – – mirs vergeben,
Daß ich dich nicht singen kann;
Du verhinderst mich ja dran.

Ein Laster?

Wenn ich Bekannten gegenüber bekenne, im Grunde meines Wesens faul zu sein, lächeln sie mit milder, aber nichtsdestoweniger ungläubiger Nachsicht. Weil ich ja ständig mit etwas beschäftigt, im Verzug, überfordert bin, weil ich unausgesetzt irgendwelche Texte produziere, Reisen absolviere, Termine koordiniere. Bei Marlen Haushofer habe ich die überzeugende Erkenntnis gelesen, dass kaum jemand so fleißig ist wie der »von Natur aus« faule Mensch: »vielleicht von der Hoffnung erfüllt, endlich einmal alle anfallenden Pflichten hinter sich zu bringen und mit gutem Gewissen faul sein zu dürfen«. Nur schnell noch diese Kleinigkeit erledigen, eigentlich gar nicht der Rede wert. Aber dann!, denkt sich der Faule, der in seinen vollen Terminkalender schaut, wenn ich das und das und das abgehakt haben werde – aber dann!

Selbst wenn man mir glaubt, dass ich meine

hektische Betriebsamkeit auf ein imaginäres Daumen-Drehen hin ausrichte, glaubt man mir nicht, dass ich das wirklich wollen würde. Dass ich damit etwas anzufangen wüsste. Doch, pflege ich zu versichern, ich würde es genießen. Mir würde nicht langweilig werden. Ich kann sehr gut ohne Arbeit leben. Das will man mir nun wirklich nicht abnehmen. Hinter dieser Skepsis steckt natürlich der schlechte Ruf der absichtsvollen Inaktivität. Da mag sie loben, wer will: Gemeinhin gilt die Faulheit als Laster.

Als solches ist sie dem Fleiß entgegengesetzt. Der faule Schüler ist einer, der sich der Eingliederung in eine Leistungsgesellschaft entzieht, in der über die Art von Leistung nur scheinbar Konsens besteht. Nach diesem gilt Faulheit als Krankheit – »Faulheit ist heilbar. Leitfaden für Eltern«, lautet der Titel eines einschlägigen Ratgebers. Die Worterklärung des Brockhaus aus dem Jahr 1883 ist in ihrer Essenz heute nach wie vor gültig: »Faulheit oder Trägheit wird die Nachgiebigkeit gegen das natürliche Bequemlichkeitsbedürfnis des Menschen in dem sittlich mißbilligenden Sinne genannt, daß sie einen Mangel teils an Pflichtgefühl, teils an Willensenergie bedeutet. Während deshalb der Fleiß seinen sittlichen Wert erst durch den Gegenstand, worauf er sich richtet, und die Gesinnung, aus der er hervorgeht, erhält, ist die F. unter allen Umständen etwas Verwerfliches, weil Pflichtgefühl und Willensenergie von jedem Menschen verlangt werden müssen.« Demnach kann man zwar auf sinnlose oder gar schädliche Weise fleißig sein (ein fleißiger Sammler von Zinnsoldaten, ein fleißiger Produzent von Handfeuerwaffen), auch ist Fleiß aus sich selbst heraus nicht unbedingt sexy, er riecht nach Anpassungslust, Bücherstaub und saurem Schweiß – »Fleiß ist die Wurzel aller Häßlichkeit«, sagt der überaus fleißige Karl Kraus; aber der Fleiß hat doch das Potential sittlicher Wohlgefälligkeit. Dagegen kann man nach herkömmlicher Anschauung nur auf eine, nämlich auf verwerfliche Weise faul sein.

Um die Faulheit zunächst einmal von einigen semantisch benachbarten Begriffen abzugrenzen: Zwar werden *Faulheit* und *Trägheit* häufig als Synonyme gebraucht, vielen gilt die Trägheit im Sinne einer langsamen, schwerfälligen Bewegung aber als die mildere Form, als charakterliche Unzulänglichkeit oder melancholische Verstimmung, nicht unbedingt als bewusste Verweigerung. Die Wortgeschichte von »faul« verweist auf ein materielles wie moralisches Verdorbensein, eine Verderbtheit, zunächst als Folge eines organischen Verwesungsprozesses, der aus Unbeweglichkeit herrührt. Das Tätigkeitsverb (sofern die Bezeichnung hier statthaft ist) *faulenzen* kommt vom mittelhochdeutschen »vulezen«, faulig schmecken oder riechen. Jeder, der stinkfaul ist, vor Faulheit stinkt oder sich auf die faule Haut (ursprünglich eine Bärenhaut) legt, bezeugt die semantische Verwandtschaft von Faulheit und Fäulnis.

Der *Müßiggang* hingegen ist als Begriff nicht von vornherein negativ punziert. Das mittelhochdeutsche »müezec gân«, müßig gehen, bedeutet einfach, untätig zu sein, nichts zu tun zu haben, ein Zustand, dem durchaus eine Arbeit oder überhaupt Anstrengung vorausgegangen sein mag. Der Müßiggang als phasenweise Nicht-Beschäftigung oder als Beschäftigung mit angenehmen Dingen, als kontemplativer Zeitvertreib verliert seine neutrale Anmutung aber schon mit dem deutschen Sprichwort »Müßiggang ist aller Laster Anfang«. Er wird so zum einen als Verführung zur Maßlosigkeit gedacht, zum andern als möglicher Dauerzustand und somit als Maßlosigkeit per se. Eindeutig positiv geprägt ist dagegen die *Muße* als erfüllte, ganz und gar selbstbestimmte, also wahrhaftig freie Zeit, ein Zustand der Entspannung und, modisch gesagt, Entschleunigung, der Freiheit zum Nichtstun oder Tun, der Freiheit von Druck oder gar Zwang. Aber auch von schlechtem Gewissen.

Die Muße ist das kulturell anerkannte gute Gegenstück zur Faulheit. Die Vorstellung eines gefährlich fließenden Übergangs zwischen den beiden kennt schon das Denken der Antike, das dem Nichtstun gegenüber grundsätzlich aufgeschlossen war. Um 600 v. Chr. definierte der Athener Gesetzgeber Solon den Müßiggang als eine Schule des Lasters: Wer kein Vermögen habe und keine Arbeit, gerate nur zu leicht auf krumme Wege, begehe Kniffe und Diebereien und mache sie sich bald zur Gewohnheit. Solon ließ die Bürger Athens alljährlich über ihr berufliches Tun und vor allem Lassen befragen. Wer dreimal müßig angetroffen wurde, verlor nach dem Gesetz seine Ehre. Ein Müßiggänger konnte auch öffentlich angeklagt werden.

In einem umfassenden Sinn knüpft Johann Gottlieb Fichte an diese Tradition an, wenn er die Faulheit »die Quelle aller Laster« nennt. Für ihn ist die »ursprüngliche Trägheit« des Menschen nichts weniger als das »radikale Böse«, »das wahre, angeborene, in der menschlichen Natur selbst liegende radikale Übel«, eine Bequemlichkeit im Tun und im Denken, die sich als Abneigung gegen jede Reflexion zeigt, damit aber auch als politische Selbstaufgabe: Die »faule Verzweiflung« des unterdrückten Subjekts begünstige die

Machthaber und verleite zu blinder Gefolgschaft, sobald ein Demagoge die Gunst der Stunde nützt. Fichte denkt sich die personifizierte Faulheit als den »Schlendrian«, den jeder Mensch hat, als einen Lebensbegleiter, den es zu zähmen gilt – und der dem entspricht, was im Volksmund innerer Schweinehund heißt. Wer den Kampf mit dem eigenen Schlendrian nicht aufnimmt, versagt sittlich. Denn kein Mensch »hat das Recht seine Kräfte ungebraucht zu lassen«.

Etwas in der Art, nur freundlicher, hat mir meine Tante in meiner Studienzeit mitgeteilt. Sie hatte damals eine Phase, in der sie sich in das Erstellen von Horoskopen vertiefte und die genaue Geburtszeit aller Familienmitglieder erhob. Sie sehe da, zwischen Sternzeichen und Aszendenten, durchaus mancherlei gute Anlage, aber mein Hang zur Bequemlichkeit stehe deren Gebrauch im Wege. Vom Nutzen der Astrologie hat mich diese Expertise allerdings nicht überzeugt. Schließlich kannte meine Tante mich ja schon eine Weile.

Oblomowerei

Es gibt zwei Definitionen von Faulheit, die für mich etwas unmittelbar Einleuchtendes haben. Beide klingen eher wertneutral, die eine stammt von Immanuel Kant: »Faulheit ist der Hang zur Ruhe ohne vorhergehende Arbeit.« Die andere blickt gewissermaßen über die Phase des Faulseins hinaus, um zu einem ähnlichen Resultat zu gelangen, und stammt von Jules Renard (1864–1910), der vor allem für sein Tagebuch berühmt ist: »Faulheit ist die Angewohnheit, sich auszuruhen, bevor man müde wird.« Beide Definitionen lassen sich exemplarisch auf einen Helden der russischen Literatur anwenden, der viel zu bequem ist, um den Ehrentitel eines Anti-Helden zu beanspruchen: Ilja Iljitsch Oblomow, für mich eine der liebenswertesten und rührendsten Gestalten der Weltliteratur.

Oblomow ist noch jung, Anfang dreißig, beleibt vom Bewegungsmangel und guten

Essen, immer noch wohlhabend (wenn auch von wirtschaftlichen Strukturproblemen geplagt), klug, sanft, gutherzig und gutmütig. Mit dem Erscheinen des Romans 1859 ist sein Name zum Begriff für eine ganze Lebenshaltung geworden. Die Oblomowerei oder Oblomowtschina, wie es im Buch heißt, meint eine Mischung aus parasitärem adligem Faulenzertum, Willensschwäche und Neurose. Damit ist schon angedeutet, dass die Definitionen der Faulheit bei Iwan Gontscharows berühmtester Romanfigur im Grunde zu kurz greifen. Denn Oblomow ist nicht aus freien Stücken faul, er leidet an schier unüberwindlicher, ja heilloser Trägheit, seiner Untätigkeit haftet etwas Krankhaftes an. So vermag er das Nichtstun nicht zu genießen, stets träumt er vom Aufschwung zu großen Taten, zum Ordnungmachen und Reformieren, zumindest aber von einem »bescheidenen Pfad der Arbeit«.

Nicht von ungefähr trifft der erste Satz des Romans seinen Helden des Morgens im Bett an. Bald darauf wird klargestellt: »Das Liegen war für Ilja Iljitsch keine Notwendigkeit wie für einen Kranken oder wie für jemanden, der schlafen möchte, es war auch keine Zufälligkeit, wie für einen, der erschöpft ist, und kein Genuss wie für einen Faulpelz: es war sein Normalzustand.« Auch seine Besucher empfängt der Hausherr gewöhnlich im Bett, aus dem sich zu erheben ihm äußerst schwerfällt, tagsüber trägt er einen Chalat, einen orientalischen Hausrock. »Seine Pantoffeln waren groß, weich und breit; wenn er, ohne hinzusehen, die Füße aus dem Bett auf den Boden streckte, schlüpfte er jedes Mal direkt in sie hinein.« Oblomow residiert in seiner bequemen, aber dank seinem ebenfalls faulen Diener unaufgeräumten Petersburger Wohnung und zittert unter dem Damoklesschwert einer Kündigung; übersiedeln zu müssen ist für ihn eine schreckliche Vorstellung. In noch weiterer Ferne befindet sich das Projekt Oblomowka: Eigentlich sollte Gontscharows Pantoffel-Held auf dem väterlichen Gut nach dem Rechten sehen, denn Jahr um Jahr treffen immer drängendere Briefe bei ihm ein, in denen der Dorfälteste von Misswirtschaft und Korruption berichtet. Oblomow aber ist vollauf damit beschäftigt, einen Plan für eine umfassende Sanierung zu schmieden, dessen Ausführung verschiebt er von Mal zu Mal. Dabei redet ihm sein Freund Stolz immer wieder ins Gewissen, Apostel der Arbeit, Mann der Tat und der lukrativen Unternehmung, natürlich nicht zufällig ein Deutschrusse. Eine Reise ins Ausland erscheint ihm zunächst als das Mittel der Wahl, um Oblomow aus seinem Sumpf zu ziehen. Dieser verspricht auch wiederholt, sich aufzumachen und zu ihm zu stoßen – allein, es geschieht nicht.

Ilja Iljitschs Verhalten hat zweifellos Züge einer versteckten Depression – er nimmt sich vor, unverzüglich aufzustehen, sich zu waschen, Tee zu trinken, »und wäre beinahe aufgestanden«. Freilich hat er sich in seinem Couchkartoffel-Dasein längst eine Lebensphilosophie zurechtgelegt, die seine Not zur Tugend erklärt. Als Stolz ihn Tag für Tag zu einer anderen Gesellschaft schleppt, rechnet Oblomow mit dem geschäftigen Treiben der

Leute ab, mit ihrem sinnlosen Herumgerenne, mit Ehrgeiz und Geltungsdrang, Neid und Habgier, Hochmut und Missgunst. Dagegen entwickelt er in berückenden Details sein Ideal vom Leben auf dem Lande, beschaulich, still, sesshaft, zwischen Beefsteak und Dessert im Birkenwäldchen. Eine Existenz mit allerzartestem ökologischen Fußabdruck, die alle Bequemlichkeiten modernen Reisens verschmäht. »Bis man alt und grau ist, bis zum letzten Atemzug. Das nenn ich Leben!«

Adolph Freiherr von Knigge bemerkt in seiner Schrift »Über den Umgang mit Menschen« (1788): »Faule und phlegmatische Menschen müssen ohne Unterlaß getrieben werden, und da doch fast jeder Mensch irgend eine herrschende Leidenschaft hat, so findet man zuweilen Gelegenheit, durch deren Aufrührung solche schläfrige Geschöpfe in Bewegung zu setzen.« Das ist ein kluger und praktikabler Ratschlag, aber wo hätte man da bei Oblomow ansetzen sollen? Einem Mann, zwar nicht ohne Eigen-, aber gewiss ohne Leidenschaften? Immerhin kommt in

Oblomows bukolischer Utopie der Ehegattin eine bedeutende Rolle zu, eine ebenso kluge wie fürsorgliche Frau, mit der er Bücher liest, Debatten führt, musiziert. Das regt Stolz zum entscheidenden Schachzug an: Er macht Oblomow mit der jungen Olga bekannt.

Und tatsächlich verändert das alles. Der verliebte Oblomow beginnt wahrhaftig zu leben, er hat sozusagen Feuer gefangen, wehrt sich zum ersten Mal gegen die Schmarotzer und Betrüger, die ihn umgarnen, er gibt seine alten Gewohnheiten auf, geht stundenlang mit der Verehrten spazieren, und endlich macht er ihr nach langem Hin und Her einen Heiratsantrag, den sie annimmt. Wie Oblomow sein Glück verspielt, gehört zum Traurigsten der an traurigen Kapiteln nicht armen Weltliteratur. Dass der Liebende grundsätzlich in einen Widerspruch zwischen seinem privaten Gefühlsaufruhr und dem Interesse am Gemeinwohl gerät, gehört zu den Binsenweisheiten des Liebesdiskurses. Für den Faulen aber scheint dieser Widerspruch aufgehoben, er versagt in beidem. Oblomow liebt Olga zärtlich und glühend, er weiß, das ist die Frau seines Lebens, und doch bringt er es schlicht nicht fertig, vor der Hochzeit seine Angelegenheiten zu ordnen. Die bevorstehenden Mühen der Ebene lähmen seinen Tatendrang nachhaltig. Olga muss sich nach langem Hoffen schließlich eingestehen, dass ihr Verlobter sich nicht ändern wird, dass all ihre Bemühungen, ihn zum Leben zu erwecken, vergeblich waren: »du bist tot!« Und Oblomow erkennt, dass Olga recht hat. Nach der Trennung stürzt er in einen Abgrund der Verzweiflung und fällt dann in die alte Lethargie zurück. Während Olga und Stolz zueinanderfinden, heiratet Oblomow seine mütterlich-einfältige Quartiersfrau, die ihn buchstäblich zu Tode füttert.

Eine Todsünde?

Die Redensart kennt den Tagedieb, das ist der, der dem Herrgott die Zeit oder den Tag stiehlt. Man sagt aber auch von einem, der in den Tag hineinlebt und sich um nichts weiter kümmert, er lässt den Herrgott einen guten Mann sein. Die Vorstellung, dass der Müßiggänger nicht Gottes Zorn erregt, sondern auf Nachsicht hoffen darf, findet durchaus Nahrung in der Bibel. Wenn Jesus seine Jünger unter den Fischern rekrutiert, sie von ihren Netzen wegholt und ihnen verspricht, sie zu Menschenfischern zu machen, spielen für sie Arbeit und Lebensunterhalt plötzlich überhaupt keine Rolle mehr. In der Bergpredigt gibt Jesus gar die ausdrückliche Empfehlung für eine radikale Sorglosigkeit ab: »Sorgt nicht um euer Leben, was ihr essen und trinken werdet; auch nicht um euren Leib, was ihr anziehen werdet«, heißt es bei Luther. »Seht die Vögel unter dem Himmel an: sie säen nicht, sie ernten nicht, sie sammeln nicht in die Scheunen; und euer himmlischer Vater ernährt sie doch.« Das ist nicht nur eine Kampfansage an die Vorratswirtschaft, sondern auch an jede unternehmerische Umtriebigkeit. Und wer immer für ein arbeitsloses Grundeinkommen eintritt, kommt um diese Empfehlung nicht herum, die freilich ins Transzendente zielt. Wenn es um den wahren Schatz, den im Himmel, geht, nützen irdische Arbeit und Mühe nichts: »Und warum sorgt ihr euch um die Kleidung? Schaut die Lilien auf dem Feld an, wie sie wachsen: sie arbeiten nicht, auch spinnen sie nicht. Ich sage euch, dass auch Salomo in aller seiner Herrlichkeit nicht gekleidet gewesen ist wie eine von ihnen.« Irgendetwas müssen die Reformatoren da missverstanden haben. Bis sie ihre berüchtigte protestantische Ethik formulierten, galt die Faulheit im engeren Sinn in der christlichen Theologie jedenfalls nicht als Laster, geschweige denn als Todsünde.

Sehr wohl unter diesen Begriff fällt hingegen die (lateinische) Acedia, die kurzerhand als Faulheit oder Trägheit übersetzt, in die Irre führt. Die griechische Vorform ἀκήδεια leitet sich zwar von κῆδος (Kedos), Sorge, ab, die A-Kédeia, die Sorglosigkeit meint aber nicht jene gottgefällige der Bergpredigt, sondern eine verstockte Nachlässigkeit gegenüber den Anforderungen des Daseins, eine geistige oder spirituelle Trägheit, ein bewusstes Sich-um-nichts-Scheren, aber auch Lustlosigkeit, Weltekel und Überdruss – womit wiederum die Nähe zur Depression gegeben ist. Im christlichen Mönchstum betrachtete man die Acedia als Gefahr für die mönchische Berufung, für die Askese und die Versenkung ins Gebet. Dass die Wüstenväter für die Anwandlungen von Unruhe und, wie man in Österreich sagt, Mieselsucht den »Mittagsteufel« verantwortlich machten, leuchtet mir unmittelbar ein. Auch ich erlebe die sommerliche Hitze des Tages als Lähmung – des Körpers, des Denkens, der Unternehmungslust. Der Dämon der brütend heißen Mittagsstunden bewirkt bei mir nicht nur körperliche Erschlaffung und Erschöpfung, sondern eine Bedrückung des Gemüts, ein Gefühl der Vergeblichkeit und Sinnleere. Nicht nur, dass man sich nicht mehr zu plagen und mühen vermag – man will es auch gar nicht mehr, weil man nicht weiß, wozu. Nichts scheint mehr der Mühe wert. Denn das Gegenteil der Acedia ist nicht der Fleiß oder Eifer, sondern die Freude. Die Acedia ist freilich keine Krankheit, sie ist ein Sich-Fallenlassen in die Schwäche und Sinnlosigkeit, ein Sich-Taubstellen gegen die Verheißungen des Lebens und, religiös gesprochen, gegen die Anrufung Gottes. Deshalb gehört die Acedia zu den sieben Todsünden (die heute weniger einschüchternd »Hauptsünden« heißen), als Haltung der Verweigerung, als Trägheit des Herzens, der bei aller Neigung zur psychischen Ermattung eine freie Entscheidung zugrunde liegt.

Es gibt wohl keinen Autor der Gegenwartsliteratur, der dieses Wechselspiel von Verdammnis und Selbstaufgabe mit solch wütender Konsequenz ausgekostet hat wie Michel Houellebecq. In seinen Büchern wird auffallend viel »nichts getan«, wird viel Auszeit genommen, Zeit totgeschlagen. Der Held seines jüngsten Romans »Serotonin« steigt aus seinem Leben (seinem Beruf, seiner Beziehung, seiner bürgerlichen Existenz) aus, um sich ganz seinem Unglück zu widmen. Laurent-Claude (er hasst seinen Namen) ist wie jedes Alter ego seines Erfinders depressiv, er nimmt ein neuartiges, hochwirksames Medikament, aber er ist auch verbohrt, geradezu vernarrt in den Zustand der Trostlosigkeit. Widerstandslos gibt er sich dem Taedium vitae hin, ja, er zelebriert den Überdruss und ist blind gegen die »kleinen Wunder« des Glücks, von denen Houellebecq in seinem Schopenhauer-Essay spricht. Darin zitiert er auch eine Stelle aus den »Aphorismen zur Lebensweisheit«, nach der der Mensch zwischen »die beiden Feinde des menschlichen Glückes, den Schmerz und die Langeweile«, gespannt bleibt; entfernt er sich von dem einen, nähert er sich unweigerlich dem anderen. Zudem wissen Houellebecqs gemütskranke Protagonisten, daß die »fortgesetzte Langeweile« sich früher oder später in einen »positiven Schmerz« verwandelt. Houllebecq schreibt nicht die Krankengeschichte des Individuums, an das er nicht glaubt, sondern der sozialen Klasse, die sich Langeweile leisten kann. Der Ich-Erzähler von »Serotonin« ist nicht anders als jener des Erstlings »Ausweitung der Kampfzone« in erster Linie Patient, leidende, duldende Kreatur. Im Grunde gibt es nur eine Tätigkeit, die für Houellebecqs Helden als nachhaltig befriedigend in Frage kommt (Oblomow hingegen bereits zu mühsam erscheint), weil sie ihnen erlaubt, an der Welt teilzuhaben, ohne wirklich an ihr teilzuhaben: »Ein Leben lang nichts als Lesen, das hätte meine Wünsche erfüllt«, bilanziert der Erzähler in »Ausweitung der Kampfzone«. Die »absolute, wunderbare Macht des Lesens« stellt eine seltene Form fauler Verweigerung dar, die nicht dem Zersetzungsprozess der Acedia unterliegt.

Wirklich sündhaft erscheint im Houellebecq'schen Kosmos aber die Ignoranz gegen die Liebe: »Und wenn ich die Liebe nicht verstanden habe, was nützt es mir, daß ich den Rest verstehe?«, fragt der Erzähler im Roman

»Plattform«. Stets sind in diesen Versuchsanordnungen eines aus dem Tritt geratenen Reigens persönliches Liebesdefizit und gesellschaftliche Misere miteinander verzahnt, in »Serotonin« wird die Liebe als letzte große Utopie jedoch unübersehbar manifest. Trägheit oder Bequemlichkeit in Fragen des Lebensglücks, im Augenblick der entscheidenden Weichenstellung lässt sich nicht wiedergutmachen durch erotische Hyperaktivität. Sie ist unverzeihlich, für den Autor wie für seine Figur, die damit die traurige Nachfolge des Ilja Iljitsch Oblomow antritt. Mit zwei Frauen seines Lebens hätte Laurent-Claude die große Liebe leben können: »Wir hätten die Welt retten können, und wir hätten sie *in einem Augenblick* retten können, (...) aber wir haben es nicht getan, das heißt, ich habe es nicht getan, und die Liebe hat nicht obsiegt, ich habe die Liebe betrogen (...). Dafür verdiene ich den Tod.«

Hierarchie der Faulheiten

Ich gehöre leider nicht zu den Leuten, die Projekt um Projekt aushecken, dafür fleißig Material sammeln und schließlich Buch um Buch schreiben. Ich kenne und bewundere solche Arbeitsbienen der Textproduktion, kaum haben sie das aktuelle Manuskript abgegeben, stürzen sie sich schon in erneute Erkundungsflüge. Wenn ich mit einem Buch fertig bin, bin ich erschöpft und heilfroh, es hinter mir zu haben, und ganz sicher, mir so etwas so bald nicht wieder anzutun. Ich freue mich auf eine Zeit entschiedenen Nichtstuns und scheue jede neue Selbstfesselung und -unterjochung. Das Phänomen der postproduktiven Ernüchterungsdepression ist mir fremd, ich leide nicht unter einem Gefühl plötzlicher Leere und schmerzlichen Unausgefülltseins (auch wenn es eine Weile dauert, bis ich begriffen habe, dass ich nun frei bin und tun oder vielmehr: lassen kann, was ich will; die geistige Galeerenarbeit sitzt mir noch in den Knochen, ein Nachzittern, das mich eine Weile lähmt).

Dass sich trotzdem auch bei mir immer wieder manche Tracht Honig ergibt, fällt eher in die Vögel-unter-dem-Himmel- und Lilien-auf-dem-Felde-Kategorie. Auch wo die Zielstrebigkeit fehlt, entsteht Aktivität, mitunter sogar Ertrag. Der Anstoß kommt freilich von außen: Ideen werden an mich herangetragen, Hausübungen werden mir aufgegeben, Kooperationen drängen sich auf. Kleinere Aufträge pflege ich leichtfertig zu übernehmen, manches verlangt nach schriftlicher Ausfertigung. Und eh ich mich's versehe, habe ich wieder ein größeres Schreibprojekt zugesagt. Spätestens zu diesem Zeitpunkt heißt es, auf eine Technik zurückzugreifen, die in jüngster Zeit einen vornehm klingenden Namen erhalten hat: Prokrastination. Sie steht bei mir in Wahrheit schon am Anfang meiner Selbstverpflichtung oder sie geht ihr voraus: Ich hätte die Zusage zu einem Buch – beispielsweise über die Faulheit – gar nicht gegeben, ohne den Beginn der Arbeit gleich im Geiste aufzuschieben: Die Abgabe ist ja, denke ich mir, erst in einem Jahr. Das ist ja mehr als genügend Zeit und ich muss wirklich nicht gleich damit beginnen. Ich zähle folglich auch nicht zu jenen, die den Beitrag für einen Sammelband oder ein Handbuch pünktlich abliefern, obwohl ich aus der Erfahrung der anderen Seite weiß, wie mühsam es ist, säumige Lieferanten mahnen zu müssen. Das war früher, als ich noch an die Heiligkeit der Frist geglaubt habe, anders. Heute betrachte ich die genannte Deadline bloß als Manifestation eines frommen Wunsches, was meinem Arbeitseifer alles andere als zuträglich ist.

»Prokrastinieren« findet sich im Englischen zum ersten Mal 1588, kommt vom lateinischen »cras«, morgen, und bedeutet: für morgen lassen. Das entnehme ich Kathrin Passigs und Sascha Lobos vortrefflichem Fachbuch »Dinge geregelt kriegen ohne einen Funken Selbstdisziplin«, das als Ratgeber der etwas anderen Art das »realistische Minimalziel« verfolgt, »dass Sie dieses Buch lesen, in

Ihrem Leben nichts ändern, sich damit aber besser fühlen als vorher.«

Das ethische Gebot, das diesem Ziel entgegensteht, wird in dem Sprichwort »Was du heute kannst besorgen, das verschiebe nicht auf morgen« formuliert. Betty Paoli (1814–1894), einstmals berühmteste Dichterin und erste professionelle Journalistin Österreichs, meldete einmal »gerechtes Bedenken« gegen die »practische Weisheit« dieses Ratschlags an: »Denn abgesehen davon, daß man, wenn man nur erst bis morgen warten wollte, manche Dinge überhaupt nicht mehr zu thun brauchte, darf nicht außer Acht gelassen werden, daß man sich der meisten durch einiges Zuwarten in genügenderer Weise entledigt, als es bei der Hast, sie noch am selben Tage abzumachen, möglich.«

So einleuchtend das klingt, so vermag es mich doch nur bedingt zu trösten. Die Prokrastinationsforschung unterscheidet zwischen einem chronisch aufschiebenden Verhalten, in dem man es sich häuslich eingerichtet hat, und einem, unter dem man selber leidet, und attestiert nur letzterem krankhafte Züge. Wie sollte man aber nicht darunter leiden, dass man wider besseres Wissen die wichtigste anstehende Aufgabe Tag um Tag aufschiebt und sich an ihrer statt Unwichtigem zuwendet, wodurch sich der Zeitdruck sukzessive erhöht? Denn einfach alles, was ich sonst so tun könnte, erscheint mir wesentlich attraktiver – Lesen, Freunde treffen, Essen, ja ich bin sogar bereit, die Erledigung von Hausarbeit und allerlei Kleinkram (Mails beantworten, Rechnungen schreiben, eine Glosse verfassen) in Angriff zu nehmen, nur um dem Hauptprojekt aus dem Wege zu gehen. Es bildet sich so etwas wie eine subjektive Hierarchie der Faulheiten heraus, die bewirkt, dass andere liegengebliebene Dinge eher nebensächlicher Natur mit verräterischem Eifer aufgegriffen werden. Zuletzt bin ich sogar bereit, die Basisform der Faulheit aufzugeben, die physische Trägheit, und mich in Wald und Heide zu flüchten.

»Faulheit ist die Dummheit des Körpers und Dummheit die Faulheit des Geistes«, verkündet Johann Gottfried Seume, der in seinem »Spaziergang nach Syrakus« (1803) von seiner Tausende Kilometer umfassenden Fußreise berichtet. Mein Körper ist eigentlich ganz gescheit, wenn er einmal im Freien in Gang gesetzt wurde, aber den entscheidenden Schritt vom Sofa verweigert er oft strohdumm. Nun ist das Stubenhocken vor dem Gesundheit predigenden Über-Ich leichter zu rechtfertigen, wenn eine äußere Macht das Ausgehen (scheinbar) verhindert, wenn es etwa regnet oder eine fürsorgliche Obrigkeit, sagen wir: zur Bekämpfung einer Seuche, das Zuhausebleiben nachdrücklich empfiehlt. Ansonsten lässt sich, dass es klug und vernünftig ist, sich zu bewegen, ganz gut verdrängen, wenn man verschiedene Arbeiten erledigen zu müssen meint – bis die eine große Hauptarbeit die körperliche Anstrengung als das geringere Übel erscheinen lässt.

Gilt es mehrere wichtige Dinge zu tun, die eigentlich keinen Aufschub dulden, führt deren aufdringliche Konkurrenz nicht selten dazu, dass ich gar nichts tue, eine Lähmung aus dem Gefühl der Nutzlosigkeit jedes Bemühens – wenn sich das alles ohnehin nicht ausgeht, kann ich mir ja gleich einen deutschen Problemfilm anschauen oder Supermarktaktionsprospekte studieren. Morgen ist auch noch ein Tag. Die Redensart bewahrheitet sich stets, ausgenommen jene wenigen Unglücklichen (oder Glücklichen?), denen es nicht bestimmt ist, den nächsten Tag zu erleben. Wieso dann doch das meiste rechtzeitig fertig wird, lässt sich mit dem Segen des Termindrucks erklären. Irgendwann ist ein weiteres Aufschieben schlicht nicht möglich. Der Volksmund weiß: »Am Abend werden die Faulen fleißig.« Solange ein Resultat vorliegt, geht die Art seines Zustandekommens aber doch niemanden etwas an.

Glück und Tugend

Sobald Pippi Langstrumpf und die braven Nachbarskinder Thomas und Annika den Geburtstagskuchen verspeist und die Schokolade ausgetrunken haben, nimmt Pippi das Tischtuch an allen vier Zipfeln, lässt Teller und Tassen durcheinanderpurzeln und stopft das Ganze in eine Truhe. Weil ja alles schön ordentlich sein soll. Eine Szene, die einst ihre pädagogische Wirkung auf mich nicht verfehlte. Ein Kind, das sich gefallen lassen muss, faul oder schlampig oder beides gescholten zu werden, empfindet Pippis kühne Tat als schlagenden Ausweis von Effizienz: Man kann also faul und ordentlich sein, ja, das Faulsein ist in puncto Geschirrreinigung eindeutig die intelligentere Lösung. Astrid Lindgrens subversiver Humor unterläuft die Wertvorstellungen bürgerlicher Eltern, indem er sie gelten lässt. Natürlich habe ich mir überlegt, dass Pippi wohl eine sehr große Truhe und sehr viel

Geschirr haben muss, wenn sie diese ihre Methode konsequent praktiziert. An ihrer gloriosen Überlegenheit habe ich nie gezweifelt.

Früh schon waren Menschen darauf aus, den Kodex sie einengender bürgerlicher Tugenden außer Kraft zu setzen, zum Beispiel indem sie eine verkehrte Welt erfanden, in der die Befreiung im Gewand neuer Regeln erschien. So stellt in der Utopia des Schlaraffenlandes der Faulpelz (mittelhochdeutsch »slûraffe«) den idealen Bürger dar. In Ludwig Bechsteins Version des Märchens wird das sagenhafte Land ausdrücklich für jene »Schlafsäcke und Schlafpelze« empfohlen, die »hier von ihrer Faulheit arm werden, daß sie Bankrott machen und betteln gehen müssen«. Denn: »Jede Stunde Schlafens bringt dort einen Gulden ein und jedesmal Gähnen einen Doppeltaler.« Die gebratenen Tauben und Kapaunen fliegen einem in den Mund, die Fische schwimmen, bereits gebacken und gesotten, hart am Ufer, »wenn aber einer gar zu faul ist und ein echter Schlaraff, der darf nur rufen: bst! bst – so kommen die Fische auch heraus aufs Land spaziert und hüpfen dem guten Schlaraffen in die Hand, daß er sich nicht zu bücken braucht«. Etwas umsonst zu tun ist verboten, und – Umwertung aller Werte – wer gern arbeitet, wird des Landes verwiesen. »Wer nichts kann, als schlafen, essen, trinken, tanzen und spielen, der wird zum Grafen ernannt.« Und der Faulste und »zu allem Guten« Untauglichste wird logischerweise König.

Der ultimative Wunschtraum der Anstrengungsvermeider verrät im Kleid der Lügengeschichte einiges von der subversiven Gegenerzählung der Faulheit, in der das Versagen zum Zustand des Glücks und das Laster gar zur Tugend umgedeutet wird. Dabei ist schon dem Bürger des Schlaraffenlandes klar, dass die angewandte Faulheit schwerlich im Nichtstun bestehen kann. Essen, trinken, tanzen, spielen – und lieben sind Aktivitäten, die einen gewissen Einsatz verlangen. Als in diesen Künsten versierter Student wusste das auch Lessing und empfahl in seinem von Joseph Haydn kongenial vertonten Gedicht

»Die Faulheit« eine präzise Unterscheidung der Begriffe:

> Fleiß und Arbeit lob' ich nicht.
> Fleiß und Arbeit lob' ein Bauer.
> Ja, der Bauer selber spricht,
> Fleiß und Arbeit wird ihm sauer.
> Faul zu sein, sei meine Pflicht;
> Diese Pflicht ermüdet nicht.
>
> Bruder, laß das Buch voll Staub.
> Willst du länger mit ihm wachen?
> Morgen bist du selber Staub!
> Laß uns faul in allen Sachen,
> Nur nicht faul zu Lieb' und Wein,
> Nur nicht faul zur Faulheit sein.

Wer sich heute jenen Aufrufen zum Faulsein anschließen möchte, die sich als Notwehr gegen den allgegenwärtigen Leistungsdruck verstehen, kann an zwei Tagen im Jahreskreis seine Neigung mit einem Bekenntnis verbinden: am 22. März und am 10. August. Am 22. März wird der »International Goof Off Day« begangen, der angeblich auf die Initiative eines neunjährigen Mädchens aus den USA zurückgeht. »To goof off«, ein Slang-Ausdruck für faulenzen, trödeln, prokrastinieren, verpflichtet seine Anhänger dazu, sich auf angenehme Weise die Zeit zu vertreiben und jede Tätigkeit zu meiden, die auf irgendeine Weise produktiv sein könnte. Noch deutlicher benennt der »National Lazy Day« am 10. August sein Programm.

Die Betriebsamkeit des modernen Zeitgenossen mag durch die Dynamik des Kapitalismus noch verstärkt worden sein, die dahinter liegende existentielle Not wurde jedoch schon viel früher diagnostiziert, besonders eindrücklich von Blaise Pascal. In seinen »Gedanken über die Religion« (1670) zieht er ein Resümee der systematischen Überbürdung der Menschen von Kindesbeinen an:

> Man überladet sie mit dem Studium der Sprachen, Wissenschaften, Leibesübungen und Künste. (...) Man giebt ihnen Ämter und Geschäfte, die ihnen zu schaffen machen vom Morgen bis an den Abend. (...) Man brauchte ihnen nur alle diese Sorgen zu nehmen, denn alsdann würden

sie sich selbst sehen und an sich selbst denken, und das eben ist ihnen unerträglich. (...) Wenn sie noch einige Zeit der Erholung haben, suchen sie auch diese zu verlieren in irgend einem Vergnügen, das sie ganz in Besitz nimmt und sie sich selbst entreißt.

Darum, wenn ich anfing das mannigfaltige Hin- und Hertreiben der Menschen zu betrachten, wie sie sich den Gefahren und Mühseligkeiten aussetzen, am Hofe, im Kriege, bei der Verfolgung ihrer ehrgeizigen Ansprüche und wie daraus so viele Zwistigkeit, Leidenschaften und gefährliche und verderbliche Unternehmungen entspringen, dann habe ich oft gesagt, alles Unglück der Menschen kommt davon her, daß sie nicht verstehn sich ruhig in einer Stube zu halten.

Das Getümmel der Welt wie der Zeitvertreib dienen also in Wahrheit dazu, die Besinnung auf sich selbst zu vermeiden, und der Freizeitstress des 17. Jahrhunderts – die Jagd, das Spiel, das Zechen – unterscheidet sich nicht substantiell von heutigen Zerstreuungen. Immer schon gilt der Müßiggang als Quelle der Melancholie. Deshalb empfiehlt auch der Freiherr von Knigge, weniger radikal, mehr um die konkrete Lebensgestaltung besorgt: »Sei dir selber ein angenehmer Gesellschafter. Mache dir keine Langeweile, das heißt: Sei nie ganz müßig.«

Für Pascal dient der Ehrgeiz in erster Linie nicht der Eitelkeit, sondern der Flucht vor dem eigenen Innenleben, vor der Sorge, vor der Angst:

Oberintendant, Kanzler, erster Präsident zu sein, was ist das anders, als eine Menge Leute haben, die von allen Seiten kommen, um ihnen nicht eine Stunde im Tage zu lassen, wo sie an sich selbst denken könnten?
Man bildet sich ein, es sei etwas Wahres und Bleibendes in den Dingen selbst. Man überredet sich: hätte man jenes Amt erlangt, so würde man sich nachher mit Vergnügen in Ruhe setzen und man fühlt nicht die unersättliche Natur seiner Begierde. Man glaubt aufrichtig die Ruhe zu suchen und sucht in der That nur die Unruhe. (...) So verfließt das ganze Leben. Man sucht die Ruhe, indem man einige Hindernisse bekämpft und wenn man sie überstiegen hat, wird die Ruhe unerträglich.

Wenn ich das lese, fühle ich mich ertappt. Außerdem gewinnt die Warnung vor dem fatalen Tatendrang rastloser Geister gerade angesichts der letzten Jahrhunderte europäischer Geschichte an Dringlichkeit. Auf der anderen Seite kann auch der individuelle Rückzug Auswirkungen auf die Gesellschaft haben: geistige Trägheit und Denkfaulheit als Ignoranz, als Gleichgültigkeit gegenüber politischen, ökologischen und ökonomischen Krisenphänomenen.

Dennoch geben wir die von Pascal beschriebene Ruhe als Ziel unseres »verworrenen Lebensplans« nicht preis. Wir suchen die Faulheit mit gutem Gewissen, die Faulheit als Kraftquelle, auch wenn wir sie lieber Muße nennen oder Müßiggang (wobei beides in unserer Vorstellung die Kontrastfolie der Arbeit braucht). So ist eben Faulheit nicht einfach mit Antriebslosigkeit gleichzusetzen, mit einem Sich-nicht-aufraffen-Können, nein, mitunter setzt sie eine gewisse Absicht, einen Entschluss voraus. In einem sehr persönlich geprägten Interview unterscheidet Roland

Barthes die »schuldhafte«, »mürrische Faulheit«, die aus der Flucht vor der – philosophischen, schriftstellerischen – Arbeit entsteht, von der »echten Faulheit«, dem Nichtstun, das dem abendländischen Menschen im Grunde nicht (mehr) möglich sei. Er selbst sei unfähig zum Müßiggang, einzig die Malerei sei für ihn eine Erholung, eine zweckfreie Beschäftigung ohne Ehrgeiz. Seltsamerweise empfiehlt Barthes ausgerechnet das Stricken, das die Konvention den Männern leider verbiete, als Geste einer wahrhaftigen Faulheit, als »grund- und zwecklose Tätigkeit«, sofern ohne Vollendungswunsch ausgeführt – woran man erkennt, dass Barthes kaum je etwas gestrickt haben dürfte. Doch vielleicht ist es ja möglich, im manuellen Automatismus des Strickens völlig aufzugehen, zu einem »dezentrierten« Subjekt zu werden, das nicht mehr »ich« sagt, das nur noch da ist, ohne Willen, ohne Entscheidung. Faulheit als philosophische Antwort oder besser: Nichtantwort auf das Böse erscheint Barthes als eine Haltung, deren Neutralität in der Gesellschaft von heute anstößig wirkt. Faulheit kann ein »leichter Weg, aber auch eine Eroberung sein«.

Zu Ende gedacht, ist Faulheit also eine Form der Freiheit. In der Literatur hat dieser Gedanke überaus engagierte Anwälte gefunden, namentlich in den Romantikern. Friedrich Schlegel fordert in seiner »Idylle über den Müßiggang« (1799), man solle dessen Studium nicht weiter vernachlässigen, sondern »zur Kunst und Wissenschaft, ja zur Religion bilden«. Nur in der »heiligen Stille der echten Passivität« ist für ihn Denken und Dichten möglich: »Freilich ist es eine absichtliche, willkürliche, einseitige, aber doch Passivität. Je schöner das Klima ist, je passiver ist man. Nur Italiäner wissen zu gehen, und nur die im Orient verstehen zu liegen.« Schlegels Vorstellung von der Pflanze und ihrem »reinen Vegetieren« als Vorbild für das »vollendetste Leben« hat seine deutschen Zeitgenossen, wenig überraschend, gegen ihn aufgebracht, sie kommt Roland Barthes' »echter Faulheit« sehr nahe.

Und Georg Büchner, sonst ein Feind romantischer Schwärmerei, lässt in seinem Lustspiel »Leonce und Lena« (1836) den Diener Valerio seine Dienste dem Leonce mit einer originellen Bewerbung antragen: »ich habe eine ungemeine Fertigkeit im Nichtstun; ich besitze eine ungeheure Ausdauer in der Faulheit. Keine Schwiele schändet meine Hände, der Boden hat noch keinen Tropfen von meiner Stirne getrunken, ich bin noch Jungfrau in der Arbeit; und wenn es mir nicht der Mühe zuviel wäre, würde ich mir die Mühe nehmen, Ihnen diese Verdienste weitläufiger auseinanderzusetzen.«

Dass in der Faulheit als einem Modus der Besinnung und des Innehaltens das Versprechen seelischer Regeneration und schöpferischer Sammlung steckt, bestätigt uns die Erfahrung. »Wir sollten nicht glauben, die Faulheit sei unfruchtbar. Man lebt darin sehr intensiv wie ein Hase, der lauscht«, schreibt Jules Renard in sein Tagebuch.

Äußere Passivität gebiert innere Aktivität, etwas kann sich setzen, bis an einem magischen Punkt das kontemplative Faulsein in ein produktives umschlägt. »Das meiste haben wir gewöhnlich in der Zeit getan, in der wir meinten, nichts getan zu haben«, bemerkt Ebner-Eschenbach.

Den Seinen gibt's der Herr im Schlaf, nämlich das »Brot der Mühsal«, wie es im Psalm heißt: »Es ist umsonst, dass ihr früh aufsteht / und euch spät erst niedersetzt.« Dass er im Halbschlaf viel Arbeit erledige, dass manche Szene, manche Phrase, mancher Vers da aus dem Vorbewussten heraustrete, hat Karl Kraus behauptet. Und Jules Renard spinnt das mit einem zweiten Tiervergleich aus: »Ich sitze an meinem Schreibtisch wie der Esel in einer Box. Ich lese und bin faul. Mein Geist ißt und käut wieder.«

Die Äußerungen des Körpers sind dauerhafter Ruhe allerdings hinderlich, bedenkt man, wie mühselig Nahrungsaufnahme und Ausscheidung sich gestalten können. Ich denke an den unnachahmlichen Stoffwechselminimalismus des Faultiers, von dem mir Judith Schalansky erzählt hat. Nur ein einziges Mal pro Woche verlässt es seinen Platz in der

Baumkrone, um sich unten zu erleichtern. Alles andere erledigt es oben, die Paarung, die Geburt, das Schlafen, das Fressen und auch das Sterben, sogar das tote Faultier bleibt dank seinen Klauen im Geäst hängen, buchstäblich stinkfaul.

Ein Menschenrecht?

Im Schlaraffenland hat es keiner nötig zu arbeiten, man schüttelt das Geld wie Maroni von den Bäumen, auch wenn nicht klar ist, wozu man es dort überhaupt braucht. Alle Versuche zur Ehrenrettung der Faulheit sind als Gegenentwürfe zu einem Ethos der Arbeit zu sehen, das in der Antike unbekannt war. Der freie Bürger widmete sich vornehmlich der Politik, seinen Freunden und dem guten Leben. Noch im Neugriechischen ist das Wort für Arbeit, »douleiá« (δουλειά), dasselbe wie das für Sklaverei, »douleía« (δουλεία), nur anders betont. Nikos Kazantzakis' tanzlustiger »Alexis Sorbas« (1946) erscheint uns als der Inbegriff dieser Mentalität, im Roman betätigt er sich jedoch durchaus fleißig im Bergbau. Bis ins 19. Jahrhundert gilt der Müßiggang in Europa als Privileg der adeligen Welt, ehe die Industrialisierung die Umwertung der Werte nachhaltig festschreibt. Begonnen hat sie mit dem Arbeitsfanatismus der Reformatoren, der uns bis heute als unser »innerer Zwingli« (Passig/Lobo) begleitet. Während der biblische Jesus seine Jünger von ihren Fischernetzen wegholte und zu Höherem, nämlich zur Menschenfischerei, berief (Mk 1,16–18), erklärten Ulrich Zwingli und Johannes Calvin die Mühen der Arbeit zum Gottesdienst, Genuss und Verschwendung für unstatthaft und den wirtschaftlichen Erfolg zum Ausweis der göttlichen Gnade.

Das lateinische »piger«, faul, heißt eigentlich langsam, das griechische »argós« (ἀργός) meint wörtlich: der, der nicht arbeitet. Im Kontext des Kapitalismus gilt nach wie vor, wer »arbeitsscheu« ist, als »asozial«. Wer etwa im Büro gerade nichts zu tun hat, gibt sich tunlich trotzdem den Anschein der Beschäftigung. In der Arbeitswelt Japans ist der Druck noch um einiges stärker: Minderleister werden mit einem Platz am Fenster strafweise bloßgestellt – damit jeder sieht, dass sie Zeit haben, aus dem Fenster zu schauen. Der Tachinierer im Bayerisch-Österreichischen, der, der langsam arbeitet, der Faulenzer und Drückeberger, ist einer, der die Norm nicht erfüllt, ob das Wort nun aus dem Jargon der k.u.k. Armee stammt (von tschechisch »tachni«, verschwinde!) oder aus der Gaunersprache (von rotwelsch »tarchenen«, betteln); übertroffen nur vom wienerischen »Obezahrer«, der mit seiner Obstruktion des Leistungsgedankens auch noch die anderen »herunterzieht«. Ähnlich agiert der Titelheld in Herman Melvilles berühmter Novelle »Bartleby, der Schreiber« (1853), der mit seiner hartnäckigen, zunächst nur einer bestimmten Tätigkeit geltenden Arbeitsverweigerung (»I would prefer not to«) auch den Erzähler, seinen Chef, aus dem Gleichgewicht bringt. Man hat Bartleby als frühen Rebellen gegen den Zwang des Angestelltendaseins gedeutet, Melville beschreibt ihn aber ohne Zweifel als kranken Geist, der sich nach und nach allen Ansprüchen des Lebens verweigert und folgerichtig verhungert.

Die leidenschaftlichste Attacke gegen die Vergötzung der Arbeit reitet der französische

Sozialist Paul Lafargue in seinem Essay »Das Recht auf Faulheit« (1880). Bekannt vor allem als – bei diesem nicht gerade wohlgelittener – Schwiegersohn von Karl Marx, wendet Lafargue sich darin gegen die »Religion der Arbeit«, der auch jene französischen Proletarier angehangen seien, die »1848 das Gesetz, welches die Arbeit in den Fabriken auf 12 Stunden täglich beschränkte, als eine revolutionäre Errungenschaft entgegennahmen; sie proklamierten das Recht auf Arbeit als ein revolutionäres Prinzip«. In Wahrheit diene die Arbeit der Disziplinierung der Massen, mit den Fabriken hätten Elend und Korruption Einzug gehalten, die Mehrarbeit bringe Reichtum bloß für die anderen Klassen, die »glücklichen Völker« der Kolonien würden mithilfe künstlich erzeugter Bedürfnisse unterjocht. Wehmütig gedenkt Lafargue des vorindustriellen »Merry England«, als die Handwerker nur fünf Werktage und Zeit für die Liebe und für Schwelgereien hatten, oder auch der neunzig Ruhetage des Mittelalters, als zu den 52 Sonntagen noch 38 Feiertage kamen. Anstatt weiter »ekelerregende Loblieder auf den Gott Fortschritt« zu singen und auf die Devise »Arbeit und Enthaltsamkeit« hereinzufallen, müssten die Arbeiter selbst am Konsum teilhaben. Künftig sollte die Arbeit bloß noch »eine Würze der Vergnügungen der Faulheit« sein und bei Strafe mit drei Stunden täglich begrenzt. Die Maschine müsse von einem Instrument der Versklavung wieder in eines der Befreiung verwandelt werden und den Menschen von den schmutzigen Künsten, den »sordidae artes«, und der Lohnarbeit erlösen, wie Aristoteles das vorausgesagt hat: »Wenn jedes Werkzeug auf Geheiß oder auch vorausahnend das ihm zukommende Werk verrichten könnte, wie des Dädalus Kunstwerke sich von selbst bewegten (...), so bedürfte es weder für den Werkmeister der Gehilfen noch für die Herren der Sklaven.«

Könnte Paul Lafargue einen Blick in unsere Gegenwart tun, er wäre bitter enttäuscht. Nicht einmal der bescheidene Freiraum der Sonntagsruhe bleibt unangefochten, wo es um die Maximierung von Konsum und Produktion geht. Und die von linken Sozialreformern wie von christlichen Ethikern mit guten Gründen geforderte Einführung eines bedingungslosen Grundeinkommens scheitert erst recht an der reflexhaften Überhebung über die Faulheit der anderen.

Wenn Marie von Ebner-Eschenbach bemerkt: »Ein fauler und ein fleißiger Mensch können nicht miteinander leben, der faule verachtet den fleißigen gar zu sehr«, dann darf man in der paradoxen Umkehrung eine tief verwurzelte Abwehrhaltung gegen das Faulenzen vermuten. Vielleicht ist es schlicht Neid. Der Neid der Pflichterfüller auf die Lebenskünstler. Karl Kraus erstellt in einem Aphorismus eine Hierarchie der Haltungen, mit der er das Übliche korrigiert: »Man verachte die Leute, die keine Zeit haben. Man beklage die Menschen, die keine Arbeit haben. Aber die Männer, die keine Zeit zur Arbeit haben, die beneide man!«

Hier reaktiviert just einer, der Nacht und Tag gearbeitet hat, das aristokratische Profil des Müßiggängers. Ein anderer fasst die

Sache plebejisch und beweist damit einmal mehr, dass die Dichtung allen Erkenntnissen der Theorie immer schon voraus ist – wenn Büchners närrischer Diener Valerio in die Zukunft schaut:

> Und ich werde Staatsminister, und es wird ein Dekret erlassen, daß, wer sich Schwielen in die Hände schafft, unter Kuratel gestellt wird; daß, wer sich krank arbeitet, kriminalistisch strafbar ist; daß jeder, der sich rühmt, sein Brot im Schweiße seines Angesichts zu essen, für verrückt und der menschlichen Gesellschaft gefährlich erklärt wird; und dann legen wir uns in den Schatten und bitten Gott um Makkaroni, Melonen und Feigen, um musikalische Kehlen, klassische Leiber und eine commode Religion!

Ich muss bekennen, dass solcher Maßlosigkeit im Unterlassen und Wünschen meine ganze Sympathie gehört.

Inhalt

Prolog 5

Ein Laster? 7

Oblomowerei 14

Eine Todsünde? 21

Hierarchie der Faulheiten 28

Glück und Tugend 35

Ein Menschenrecht? 48

Daniela Strigl, geboren 1964 in Wien. Literaturwissenschaftlerin, Kritikerin, Essayistin. 2003–2009, 2011–2014 Mitglied der Jury des Ingeborg Bachmann Preises. 2009 und 2019 Mitglied der Jury des Deutschen Buchpreises sowie 2013–2015 des Preises der Leipziger Buchmesse. 2005 Scholar in Residence an der Rutgers University, NJ, seit 2007 Lehrtätigkeit am Institut für Germanistik der Universität Wien, 2018 Habilitation. Österreichischer Staatspreis für Literaturkritik 2001, Alfred Kerr Preis 2013. Berliner Preis für Literaturkritik 2015, Johann-Heinrich-Merck-Preis 2019.
Zuletzt erschien »Berühmtsein ist nichts«. Marie von Ebner-Eschenbach. Eine Biographie (2016), Alles muss man selber machen (2018)

© Literaturverlag Droschl Graz – Wien 2021

Umschlag: & Co www.und-co.at
Satz: AD
Druck: Styria Print

ISBN 978-3-99059-077-5

Literaturverlag Droschl Stenggstraße 33 A-8043 Graz
www.droschl.com